夏の猫

北森ちえ

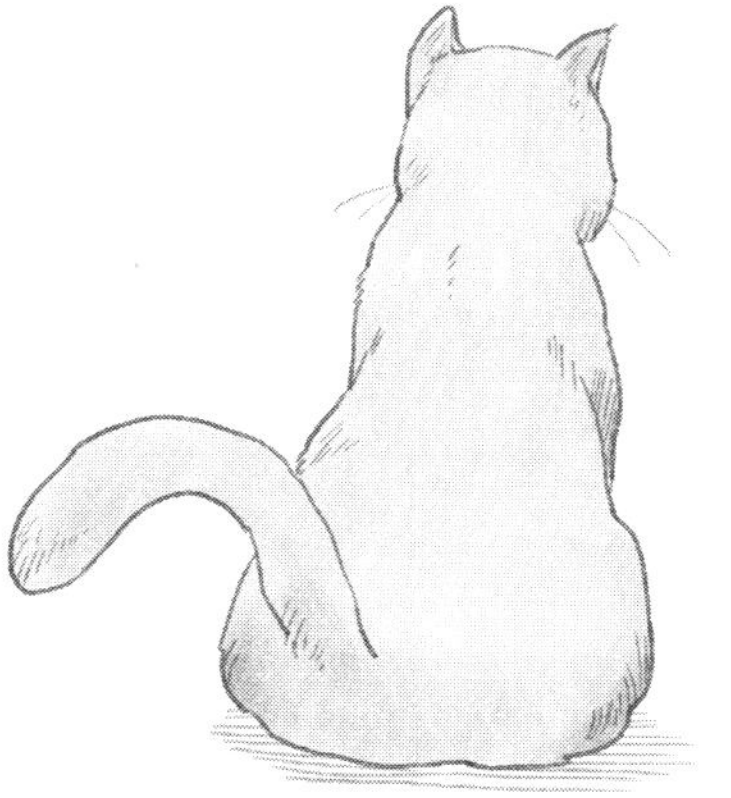

国土社

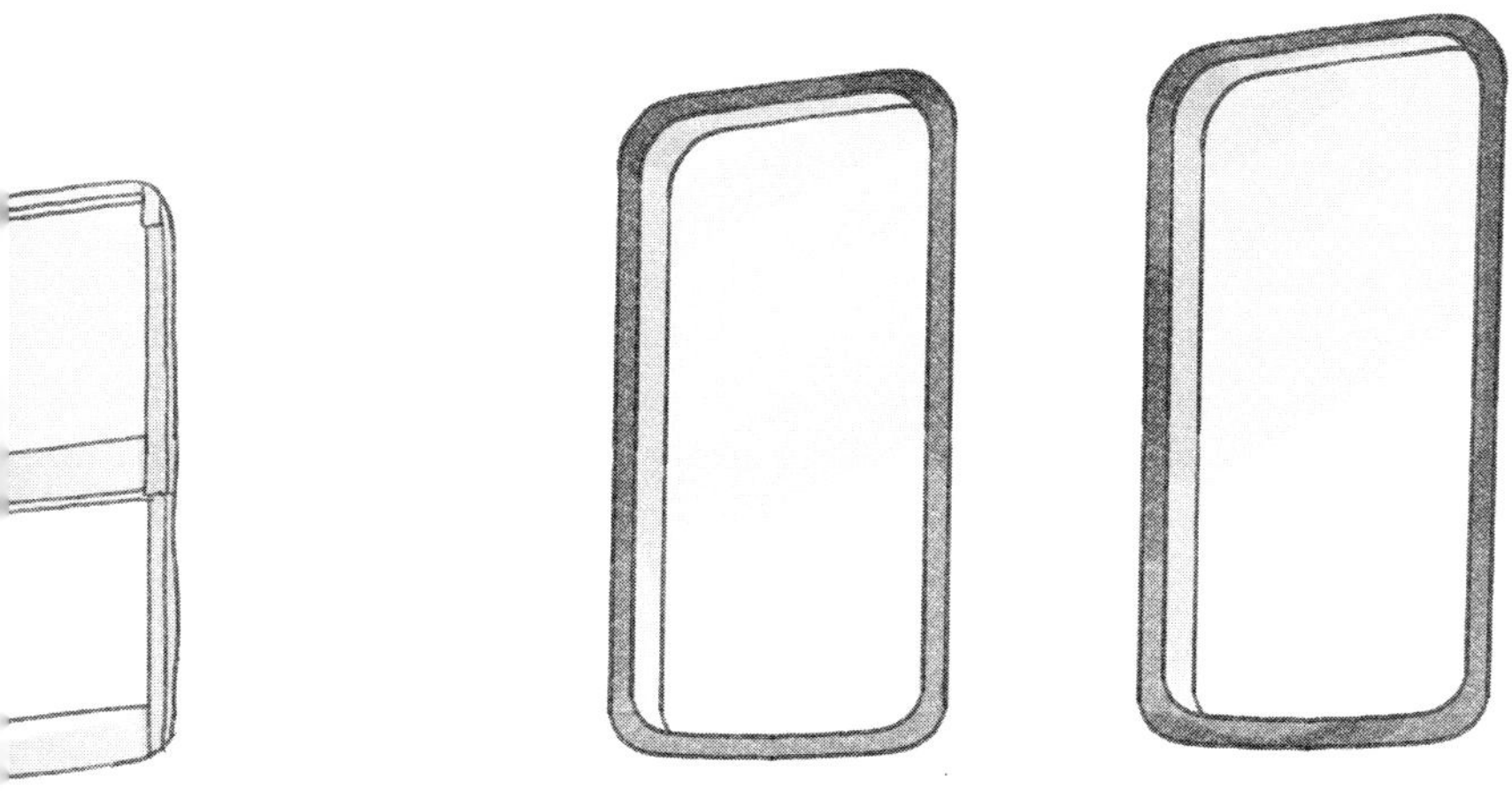

もくじ

1　夏のはじまり

ぼくは今、電車の窓から呉《くれ》の海を見ている。

呉は瀬戸内海に面した海と山に囲まれた町で、昔は軍港だったらしい。

今でも大きな造船所があって、何台もの白とオレンジのクレーンを見ると、呉にきたな、って感じがする。

呉にはぼくの母方の祖父母の家がある。

いつもは両親といっしょにくるのだけれど、今回は仕事の都合がつかなくて、東京から一人でやってきたのだ。

一人旅は少し不安だったけど、呉線の電車に乗って、見覚えのあるこの海が見えてくれば、もう安心さ。

海のにおいが、ふーっと、鼻をかすめる。

太陽が落ちかけて、海の水面をきらきらきらきらきら照らしている。

ふと、同級生の田村明日香《あすか》のことを思い出した。

田村明日香は、バスケットボールのうまい、背の高い女の子だ。男子と互角《ごかく》に戦えるのは、クラスの女子ではあいつぐらいだろう。

汗《あせ》をきらきらさせて、ボールを追いかける姿が、呉の海と重なった。

「つぎはくれです。お出口は左側です」

アナウンスが響《ひび》き、ぼくは電車を降りた。

ふと、足元に何かぶつかった。

見ると、それは猫だった。不思議な灰色《はいいろ》をした猫。銀色っぽい灰色。背中に二つ、一円玉ぐらいの小さい白い模様《もよう》がついている。まるでちっちゃな羽をつけているみたい。

猫はぼくを見上げると、「にゃあ」といって改札口を出て行き、見えなくなってしまった。

いっしょに電車に乗っていたのかな。

クーラーのかかった車両から降りると、むうっとする砂ぼこりまじりの熱気。

呉の夏だ。


改札口にはクレじいとバーバラ、それにいとこの舟《しゅう》がいた。

クレじいは、ぼくのおじいちゃん。

ちょっと耳が遠くて、そのせいかのんびりしてるけど、ぼくと、いとこの舟の一番の味方だ。

呉のじいちゃんだから、クレじい。なんだか、「クレージー」みたいだから、ちがう呼び方にすれば、とみんながいったらしいが本人は、「クレージーキャッツ」（昔のお笑いグループらしい）の植木等《うえきひとし》がすきだから、これでいいんだ、といって押し切ってしまった。

七十歳近いのに、ぼくや舟と本気で鬼ごっこをする、子どもみたいなじいちゃんだ。

バーバラは、ぼくのおばあちゃん。

初孫《はつまご》のぼくがうまれたとき、「おばあちゃんなんて呼ばれるのは、年寄りくさくて絶対にイヤ。『バーバ』もありきたりすぎるから、『バーバラ』と呼ばせるわ」とみんなに宣言《せんげん》したそうだ。

バーバラって呼ばれる方が、おばあちゃんって呼ばれるより恥《は》ずかしいと思うんだけど。

おとなりに回覧板《かいらんばん》を持っていくときでさえ、日傘《ひがさ》をさしていく、そんな美意《びい》

識《しき》の高い人だ。

舟は小学五年生で、ぼくと同い年のいとこ。

ぼくの「海《かい》」もいい名前だねっていわれるけど、「舟」って名前、すてきだよね。名前の通り、大きな海にぷっかり浮いた舟みたいに、自由な感じ。

親戚《しんせき》たちで旅行に行ったりすると、決まって舟は、ふらふらとどこかへ行っちゃうので、さがすのに苦労する。

舟は、クレじいの家から歩いて三十分ぐらいのところに住んでいる。今年の夏休みはクレじいの家で、ぼくといっしょに「合宿」をすることになっていた。

合宿には二つの目的がある。

体の弱い舟と、体力の塊《かたまり》みたいなぼくをいっしょに遊ばせて、舟をたくましくする。これが一つ。

二つ目は、クレじいの家で、「なっちゃん」に、夏休みの宿題を二人いっしょに見てもらうこと。

勉強のできる舟といっしょに勉強すると、ぼくが刺激《しげき》をうけるから、と親たちはもくろんでいるのだ。

なっちゃんというのは、ぼくのお母さんと舟のお父さんの、歳《とし》のはなれた妹。どちらかっていうと、ぼくたちの親よりも、ぼくや舟との方が歳が近い。呉で一番偏差値《へんさち》の高い高校をトップで卒業したという、超優秀《ちょうゆうしゅう》な理系女子。

二年前、超難関国立大学医学部を受験したものの、合格には至らず、現在浪《ろう》人《にん》中なんだって、お母さんがいっていた。

ぼくや舟の勉強なんて教えている場合なのか？　と思うんだけど、もう大学はいいといって、ぶらぶらしているみたい。

ぼくの名前の「海」は、なっちゃんの名前である「夏海《なつみ》」の海の字をとったんだ、とお母さんから聞いたことがある。

なっちゃんは、今日は迎えにきていない。

バーバラが、ぼくに気づいて、ちぎれそうなほど手をふっている。クレじいも、舟も、にこにこしてこっちに近づいてきた。

「海、ようきたのう」

クレじいはぼくを抱き上げようとした。

「うっ、もう抱えられんわ。大きゅうなって」

クレじいときたら、ぼくがまだ三つか四つの幼稚園児だと思っているのかな。もう、五年生だぞ。

舟は長いまつげをバサバサしながら、

「はよう、行こ」

とぼくの腕をひっぱった。

ぼくたちはバーバラの運転するミニバンに乗り、クレじいの家へと向かった。

なつかしい窓の外の景色を見ながら、ぼくと舟は、これから始まる合宿への期待で胸をわくわくさせていた。

クレじいの家で出迎えてくれたのはなっちゃんだった。

相変わらず、短く切った髪《かみ》の毛、服装もラフなTシャツとデニムのパンツで、しゃれっ気はなし。

でも、くりっと大きくて、少し釣《つ》りあがっているその目の鋭《するど》さや、ピンと背《せ》筋《すじ》の伸びた小柄《こがら》で細身の姿は、ただ者ではないぞ、というオーラのようなものをただよわせていた。

そう、しなやかな猫みたいに。

「海、ようきたね。びしびししごくけんね」

となっちゃんはいい、髪の毛をぽりぽりとかいた。

「でもさあ、海、去年もおととしも、夏休みにはサッカーの練習や試合があるからって、呉にこんかったのに、今年はどうしたん？　サッカーの練習は、いいの？」

なっちゃんの言葉に、ぼくはぎゅうっと心臓《しんぞう》をつかまれたような気がした。

なっちゃん、やっぱり鋭《するど》いな。

「ああ、うん。いいんだ。やめたから」

動揺《どうよう》しているのがみんなにわからないように、ぼくはいい、少し笑って見せた。

「まあ、そんなことは、また後でええじゃんか。さあ、あがった、あがった」

クレじいが、ぼくの背中を押した。

「ふうん」

なっちゃんは、大きな目をさらに見開いてじっとぼくを見、それからくるりと向きを変えて、二階の自分の部屋に引っ込んでしまった。


その日の夕食は豪勢《ごうせい》だった。

舟の両親もやってきて、ぼくたちは七人でにぎやかにご飯を食べた。

大皿いっぱいのお刺身《さしみ》をとろうとしたとき、クレじいがいった。

「海、舟、このほうれん草の胡麻和《ごまあ》え、おいしかろう。クレじいが作ったんど」

「えーっ、そうなの？」

「そう、クレじいは今、お料理学校に通っているんじゃと。行き始めたばっかりだけど」

といいながら、舟は、ほうれん草を箸《はし》でちょっとだけつまんで、口に入れ、それきりほうれん草には箸をつけなかった。

ぼくはクレじいに悪いので、大急ぎで口いっぱいに詰め込み、「おいひい」

といってみせた。

クレじいは子どもみたいに、「ほんまか？　ほんまか？」といってよろこんでいた。それを見て、みんなくすくす笑った。


つぎの日から、ぼくと舟はお昼までなっちゃんと勉強、昼からは山や海で遊ぶ、というスケジュールで、合宿生活をスタートさせた。

なっちゃんと勉強するのは、とても楽しい。どんな質問をしても、めんどうくさがらずにていねいに答えてくれるからだ。

今日の課題の算数ドリルを先におえた舟は、おしゃべりを始めた。

「昨日ねー、海が湯船《ゆぶね》の中でおならしてねー、くっさかったー」

ぼくも、計算の手を休めて話に加わった。

「おふろでおならをすると、くさいよねー。おならぷーぅう」

「あははははは。それはおならがお風呂《ふろ》の水より軽いから、上に浮いてきて、海や舟の顔のあたりで、おならの塊《かたまり》が「ぽんっ」とはじけて、よけいくさく感じるんよ。もしおならがお風呂の水より重かったら、湯船の底はおならだらけになっちゃう」

「海の足、ますますくさくなるのー」

「よけいなお世話！」

なっちゃんは、ぼくたちの汚《きたな》い話も怒らずに、きちんと聞いてくれるから大好きだ。

「空気や水をあっためると、上の方に行くか、下の方に行くか、わかる？」

「うーんと、下かな」

「わし、知っとる。上だよ。理科の参考書に書いてあった」

「さすが、舟。海、お風呂をわかしたときのことを考えてみんさい。上の方が熱くなるでしょ？」

「あー、昨日、少しお湯が冷めちゃってたから、追《お》い焚《だ》きしたら、上の方が熱くなってた！」

「そう。水や空気は、あたためると軽くなって、上に行くんよ」

そして、実験だ。

ぼくと舟は、実験のための材料を買いに行かされた。

薄手《うすで》の大きなゴミ袋、脱脂綿《だっしめん》、細い針金、たこ糸、アルコール、アルミ箔《はく》。

アルミ箔で小さな皿を作り、そこにアルコールと脱脂綿を入れる。

ゴミ袋の口を細い針金で固定し、口の四点から針金をぶら下げ、アルミ皿とテープでつなぐ。ゴミ袋をコントロールするためのたこ糸をつける。

ぼくたちは、なっちゃんの手先の器用さにおどろいた。

なっちゃんは脱脂綿に火をつけた。

しばらくすると、あたためられた空気でゴミ袋はパンパンにふくれ、ふわりふわりと上昇しはじめた。

ゴミ袋の口につけたたこ糸で、どこかへ飛んで行かないようにコントロールする。

「うぉおおおおー、すっげー、飛んだ！　飛んだ！　気球みたいだ」

「そうか、あったためられた軽い空気が袋の中に入っているから、上へ行くんじゃね」

「外の空気と、ゴミ袋の中の空気の温度差が、大きければ大きいほど、よく浮かぶんよ」

ぼくと舟は、太陽の下できらきら光るゴミ袋の気球を見つめながら、なっちゃんってすごい、と思った。ぼくの小学校にスカウトしたいぐらいだ。

ぼくたちはなっちゃんを尊敬《そんけい》のまなざしで見た。

なっちゃんはぼくたちの視線に気づくと、きりっとした目を細めてきれいに笑った。

「おならを袋《ふくろ》に詰めたら浮くのかな？　空気とおならはどっちが軽いの？」

「メタンガスなんかがかなり含《ふく》まれているから、おならの方が軽いんじゃないかな、たぶん。でも、おならの成分って個人差があるけんねえ。食べたものにもよるし。

海のおならと舟のおならじゃ、においがちがうじゃろ？　中に入っているガスの種類や、その割合がちがうけんね。くっさい海のおならには、くっさいガスがたくさん入っているはず」

「海のおならは重そうじゃの。おなかにずしっとくるもんでも、なんでもかんでも、大量にたべるけんのお」

「舟のおならで気球を作ると、よく飛ぶかもしれないぞ。舟はたくわんとかきゆうりの酢《す》の物とか、おなかにたまらないような物ばっかり好きだからな」

「おなら、ぷぅぅう」

「おなら、ぶりぶり」

「海のおけつはまっかっかー」

「舟のおしりもまっかっかー」

「はいはい、あんたたち。そういうんが好きな年ごろはそろそろ卒業しんさい」

「はーい。ぷーっ」

ぼくたちは二人で顔を見合わせて、げらげら笑った。

2　消えた灰色猫《はいいろねこ》

午後は、クレじいに連れられて畑に行った。

クレじいの畑は、クレじいの家の裏山に続く段々畑だ。一番下から数えて、ちょうど百段目のところ、一番上にある。

舟《しゅう》はいつもどおり、

「ワン、ツー、スリー、フォー」

と英語で段数を数えはじめた。

舟は三歳の時には、一から百までの数字を英語で数えられたのだそうだ。

クレじいが段々畑をのぼりながら英語で数えていたら、いつのまにか覚えてしまったという。

なっちゃんもそうだったらしい。

ぼくは、ゆっくり歩いていく舟とクレじいにしびれを切らして、百段を一気にフルスピードでかけあがった。

四か月前に骨折《こっせつ》して以来、思いっきり走ったのは初めてだ。

「足、ちゃんと動くんだ……」

思わず出た独《ひと》り言《ごと》。

自分で自分のつぶやきにドキッとした。

階段をのぼりきると、クレじいの畑。そして林へ入る道が、もう少し上のほうまで続く。

下を見ると、呉《くれ》の港に大きな船が何隻《なんせき》も泊っているのが見えた。

あの黒い塊《かたまり》は潜水艦《せんすいかん》だ。ここには海上自衛隊もあって、潜水艦がすぐそこに見えるのが、ごく日常の景色なのだ。

ここから見る呉の港は、少し霞《きり》がかかっていて、戦争映画のワンシーンみたいだ。

ふと、ぼくの目の前を、美しい灰色の猫がゆっくりと通り過ぎて行った。

しっぽをしゃんとたてて、すっくと歩いていく。

背中に二つの白い模様《もよう》。まちがいない、あの電車を降りた時に見かけた猫だ。

灰色の猫は、ぼくのほうをふり返ると、何かいいたげに、ぼくの目をじっと見た。

きりっとした目。だれかに似ている。そうか、なっちゃんか……。

目で行き先を追うと、林へ入るちょっと手前で道をそれ、ごつごつした岩のところで……、

「消えた！」

灰色の猫は、岩のところで消えた、ように見えた。忍者《にんじゃ》みたいに。

あそこに抜け穴があるんだろうか？

行ってみようとしたとき、ちょうど、

「ナインティナイン、ワンハンドレッド、ついたー」

と、クレじいと舟が、よれよれになって到着した。

「海《かい》は元気じゃのう。小さいときから、海と遊ぶと、じいはいつもへとへとじゃった。ものすごい体力じゃわ」

「ほんま、そんなに速く上まで走るやつ、海だけじゃ。疲《つか》れを感じる神経が、壊《こわ》れとるんか？」

「それ、学校の友達にもよくいわれる」

「ほりゃ、畑を見てみい。トマトのおいしそうなのがなっとるわ」

ぼくは、灰色の猫のことをわすれて、畑のトマトに向かって突進していった。

「わー、すごーい。トマトいっぱい」

「わし、トマトきらいじゃ」

舟はきらいなトマトを、それでも楽しそうにもぎ始めた。

手のひらに、ちょうどしっくりくるぐらいの大きさの、真っ赤なトマトは、お日さまの下でつやつやと光って、本当においしそうだ。

「おっきな宝石の玉みたいだ」

「海は詩人じゃのう」

「宝石じゃったら、ええのに。トマトはくさいから、いらん」

三人で収穫《しゅうかく》したばかりのトマトを、井戸水で洗って食べた。

「わしはもういらん。海にやる」

舟はそういうと、一口かじっただけのトマトをぼくの手のひらにのせた。

かじったところが、どくんどくんと、鼓動《こどう》を打っているように見える。

「生きている、生きている、オレは生きているんだぞ」と、トマトがぼくにさけんでいるように思えた。

消えた灰色の猫のことは、もう、すっかりわすれていた。


ぼくと舟は、毎日海に山に、ほんの少しの勉強にと、楽しくいそがしく過ごした。

ぼくは真っ黒に日焼けして、皮がむけはじめた。

舟も、「お肌《はだ》が荒れるから日焼けはいやーん」といっていたのに、途中からどうでもよくなったのか、念入りに塗《ぬ》っていた日焼け止めクリームを塗らなくなったので、白い肌が日に日に赤くなってきた。

夏休みの宿題をつぎつぎに片付けてくれたなっちゃんの授業は、教科書からはなれ、昨日なんか、「両手でいくつまで数を数えられるか？」と聞くから、

「十」と答えると、

「ブブー。ちがう。まちがえた罰《ばつ》として、両手で数えられる数を、今から数えてしまいんさい。それまでスイカはおあずけ。ほら、『1』は親指をまげるだけ」

と、手のひらを開いて親指をまげ、

『2』は人差し指をまげるだけ、『3』は、人差し指と親指両方をまげる」

「じゃあ、『4』は？」

となっちゃんはここで突然、問題を出した。

「えーっと……」

ぼくは答えにつまったが、舟は、

「わし、わかったかも、こうじゃ」

といって、中指をまげてみせた。

「よし、正解。後は、わかるじゃろ？」

ぼくは微妙《びみょう》だったが、舟は自信がありそうだったので、舟のまねをしてやってみることにした。

「５」「６」「７」「８」「９」「１０」

……「１６」まできたとき、

「小指だけまげるの、むずかしー。薬指までまがるじゃろ」

と舟はいったけど、ぼくは軽々と小指だけまげて見せ、舟をくやしがらせた。

ぼくたちが、全部指を折った状態の「１０２３」と、全部指を広げた状態の「１０２４」まで数えるのに、二十

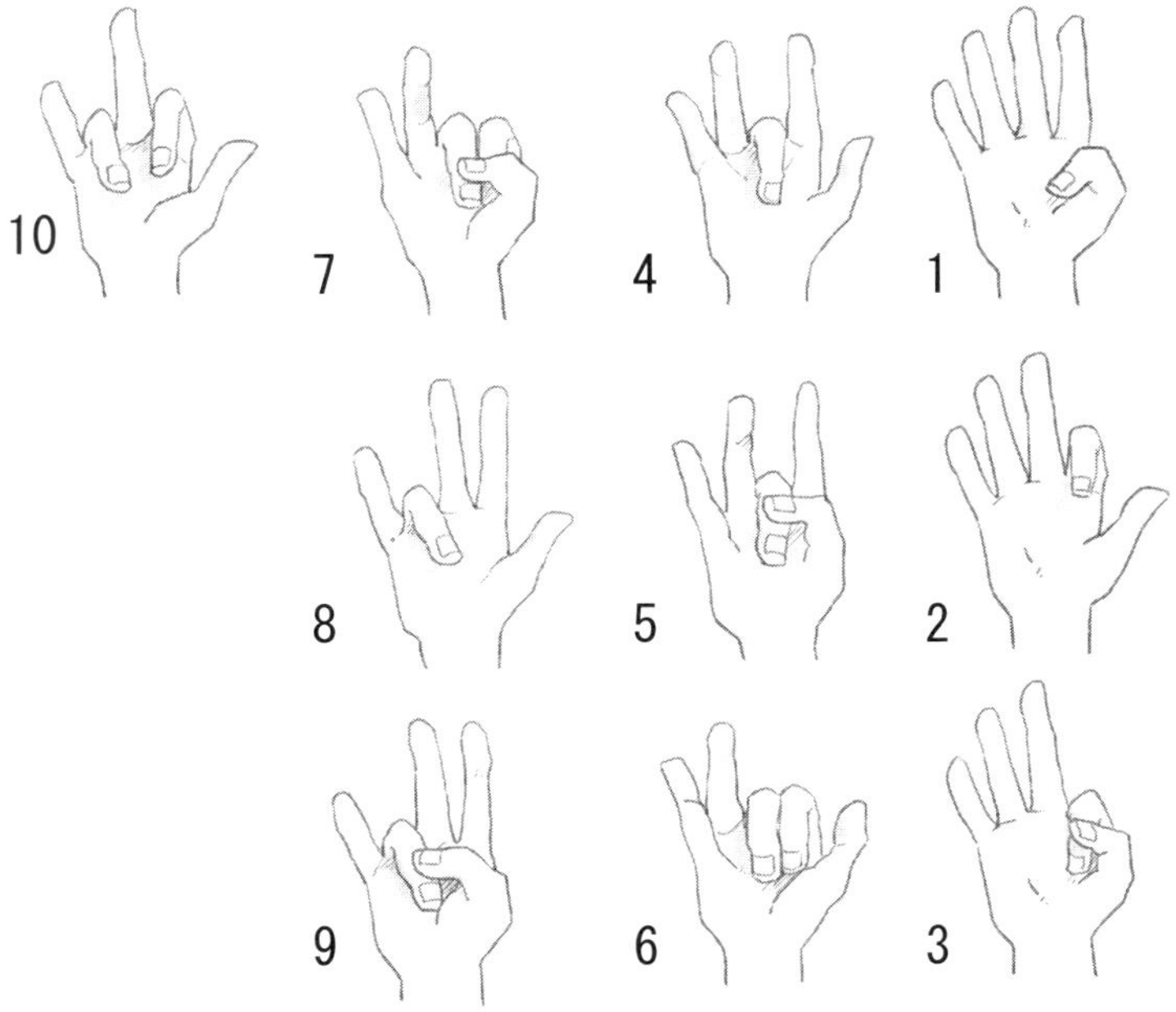

分もかかってしまった。

２３０あたりでわからなくなり、１からやり直したのだ。

なっちゃんの方を見ると、一人だけスイカをむしゃむしゃ食べていて、ぼくたちの分にも手を出そうとしていた。

「ずるーいっ」

ぼくと舟は同時にいい、バーバラが切ってくれたスイカを、うばいあうようにして食べた。

たたみをスイカの汁ではげしく汚《よご》してしまい、バーバラから後でたっぷりしかられた。


ある日の午後は、舟と二人で二河《にこう》川へ行った。

クレじいの家から歩いて三十分ぐらいのところにある、小さな川だ。

中流の方に行くと、大きな岩がごろごろしていて、小さいころはよくここで水鉄砲《みずでっぽう》で打ち合いをして遊んだ。

川に入って水をかけあったりして遊んでいると、

「あっ、金魚だ」

と舟がいう。

見ると、岩場のかげで赤い金魚がゆらゆらと泳いでいた。そこだけ、場ちがいな赤。

「なんで金魚がこんなところにおるんじゃろ？」

「舟、あっちに追い込もう」

「よっしゃ」

金魚をそおっとそおっと、小さな流れの方に追い込んだ。

そこは途中で流れがとぎれていて、金魚が流れの終わりに気づいて向きを変えた時には、帰り道を砂と石でせき止めてしまっていた。

金魚は、その小さな池の中で、ぐるぐるゆっくりと泳ぐしかなかった。

「なあ、舟、金魚って川にいるんだっけ？」

「だれかが飼ってたのを、放してやったのかもしれんね。夏まつりのときに金魚すくいですくったやつとか」

「そうかあ。こいつ、一人ぼっちで生きてるんだね」

「……一匹でじゃろ」

舟の顔が、少しだけ苦しそうにゆがんだ。このときのぼくは、どうして舟がそんな顔をしたのかわからなかったけど。

「さびしくないのかなあ。魚って、さびしい、とか、うれしい、っていう感情を持っているの？」

物知りの舟にたずねた。

「さあ、わからん。この金魚、持って帰って、クレじいの金魚の水槽《すいそう》に入れちゃろうか。そしたら、さびしくなくなるじゃろ」

と、小さな池の中で泳ぐ金魚を優《やさ》しく見つめながらいった。

「持って帰るのはいいけど、入れ物がないよ」

「じゃあ、明日またきたらええ。バケツ持って」

「そうだね」

日が暮れかかって、西の空がバラ色になっていた。

ぼくたちは二河川をあとにした。

バーバラが晩ごはんを作って待っているだろう。クレじいも。なっちゃんも。

つぎの朝、なっちゃんの授業はお休みだった。気分が悪いという。

朝ごはんを大急ぎで食べ、バケツを持って、舟と金魚の池に向かった。

ところが、金魚はいなかった。

池はそのまま、ちゃんとせき止められて水もたっぷりあるのに、中にいるはずの金魚がいない。

だれかが持ち帰ったんだろうか。

でも、こんなに朝早くからここにくる人なんて、いるだろうか。

「ネコに食われちゃったのかな」

舟がそういったので、ぼくはふと、あの消えてしまった灰色の猫のことを思い出した。

灰色の猫は、あの日、草はらで見かけたきりだ。


その夜、ぼくはおかしな夢を見た。

赤い金魚が池の水面からぴちんと跳《は》ね、ぴかっと光ったかと思うと、子どもの体ぐらいの大きさになり、大きな流れに飛び込んでいった。

そして、流れにのってぐんぐん泳いでいき、海に出た。

すると、金魚はクジラのような大きさにふくれあがって、沖《おき》に向かって泳いで行く。

そして、赤いクジラの背中には、あの灰色の猫が、人間みたいに二本足で立っていた。

片足をサッカーボールの上に乗せて。

海が、赤いクジラと灰色の猫を歓迎《かんげい》しているかのように、きらきらと優《やさ》しく光っていた。

3　なっちゃんの秘密

夏休みも半分が過ぎ、宿題も順調にすすんでいた。

今日はバーバラの運転で、ぼくと舟《しゅう》となっちゃんとクレじいとで、下蒲刈島《しもかまがり》に海水浴だ。

なっちゃんは、「今日の授業は、海水浴へ向かう車の中での特別授業とする」とはりきっている。

なっちゃんはぼくと舟とクレじいに、

「いい？　算数ゲームよ。前から走ってくる対向車線の車のナンバーが見えるじゃろ？　ナンバーの四つの数字を足して。合計が二けたになったら、十の位と一の位を足して、一けたの数字になるまで計算するの」

「えー、ぼく、計算苦手ー」

「大丈夫。簡単《かんたん》じゃけ。たとえば、『56-78』じゃったら、5＋6＋7＋8で26じゃろ。そしたら、2＋6で8が答え。答えを早くいった人が勝ち。賞品は、負けた三人から、アイスクリームを一本ずつおごってもらう、っていうのはどう？」

「よし、やろう！」

舟は、そろばん塾《じゅく》にも通っているし、計算が得意なので、大乗り気だ。

でも、ぼくだって、勝ち目がないわけじゃない。四つの数字の足し算だけれど、もし、「10-00」という簡単なナンバーだとしたら、動体視力のいいぼくは有利だから。

クレじいは、最初から、やる気なしという感じ。

助手席にすわっているんだから、いいポジションなんだけど。

「よおし、つぎに見えた車からよ、スタート！」

ぼくとなっちゃんと舟は、後ろの座席で顔をくっつけるようにして、フロントガラスの向こうの車を見た。

ところがだ。

どうやっても、なっちゃんにかなわないのだ。

なっちゃんは、「72–89」なんてナンバーでも、一瞬にして「8」という答えを出す。

「夏海《なつみ》、少しは手加減《てかげん》してくれえや。大人《おとな》げないのう」

なっちゃんよりずっと大人のクレじいはそういって、ゲームから完全に降りてしまった。

なっちゃんは勝ち続けた。

二十台目の車のナンバーは、「10–02」で、やっとぼくが「3」と答えられた。

「あーっ、海《かい》にこたえられてしもーた。くやしー」

なっちゃんは小さな子どもみたいにくやしがった。

「わしだけ答えられん。くっそー」

舟はもっとくやしがり、「11–11」の車で、舟がやっと答えられるまでゲームを続けさせられた。

「なんでなっちゃんは、そんなに早く計算できるの？　何か秘密があるんじゃない？」

ぼくはたずねた。

どうやっても速すぎる。

まるで、前からくる車のナンバーを、あらかじめ知っていたかのような速さなのだ。

「そうよ。夏海。あんた、何かズルしとるんじゃないの？」

運転席で聞いていたバーバラも、きついひとこと。

「ふっふっふ。秘密はあるよー。教えてあげるけど、アイスは私のものじゃけんね」

「しょうがないのう。ええよ。早く、教えてよ」

ぼくと舟はその秘密を早く知りたくて、うずうずした。

「すぐに数字を足すんじゃなくて、9や、足して9になるものを、捨てていくんよ」

「9？」

なんで、9？

「たとえば、『81-35』だと、8＋1で9。だから、8と1ははじめから計算せずに、捨てる。残りは3＋5の『8』が答え」

「えー、わからないよ」

「えっと、じゃあ、あの車の……、『97−22』は最初の9を捨てて、つぎの7＋2の9も捨てて、残った『2』が答えなん？」

「ほうよ。検算してみんさい。9＋7＋2＋2は20。2＋0で答えは『2』」

「ほんまじゃー。なんでなんで？」

「それは自分で考えてみんさいね。舟も海も、クレじいも。夏休みが終わるまでの宿題」

「えー。わしもー」

クレじいは不服そうだ。

「でも、なっちゃんって、ほんとにすごいね。どうしてそんなに天才的なの？」

ぼくは本当に心の底からの尊敬《そんけい》をこめて、なっちゃんにいった。

バーバラは、それを聞いて、ふうっとため息をつき、

「ほんとに、宝《たから》の持ちぐされよね」

と、ぽつりといった。

なっちゃんは、バーバラの言葉を聞いたとたん、こきざみに震《ふる》え、大きく息をしはじめた。

両方の手のひらで口をふさぐと、ぼくの体の上に倒れこみ、ハアハアと苦しそうに肩《かた》で息をしている。みるみる顔の血の気が失せ、ロウのように真っ白になっていった。

「どうしたの？　なっちゃん！　クレじい、バーバラ、なっちゃんがおかしい！」

バーバラは、こわばった表情で路肩《ろかた》に車をよせて、停車した。

舟は、突然のなっちゃんの変化にびっくりして、コチコチに固まっていた。

クレじいは、急いで助手席から降りると、後ろのドアを開け、舟を降ろし、真ん中にすわっていたなっちゃんの口に、紙袋の口を押し当てた。

「舟と海は心配せんでええけん。すぐよくなるけんね」

ぼくたちに言い聞かせながら、目をとじたまま脂汗《あぶらあせ》をにじませているなっちゃんの顔を、タオルでふいてやっていた。

ぼくと舟は、なっちゃんが荒い息をするのにつれて、ガサゴソと音をたてて紙袋がふくらんだり、しぼんだりするのを、ただただ見つめるしかなかった。


どのくらい時間が経ったのだろう？

しばらくすると、なっちゃんの呼吸は小さくなり、普通になり、顔色ももどってきた。

「いつもの発作《ほっさ》ね。このところおさまっとったのにね。これじゃ、海水浴は無理ね。帰りましょう」

バーバラはバックミラーを見ながらそういうと、車のエンジンをかけた。
ぼくたちは素直にその言葉にしたがった。
海水浴より、なっちゃんの体が心配だったからだ。
クレじいの家に着くまで、ぼくたちは口をきかなかった。
ただ、なっちゃんがひとこと、ぼくと舟に、「ごめんね」といったきりだった。

4　紙ヒコーキ飛んだ

家に着くと、なっちゃんはすぐに、二階の自分の部屋にひっこんでしまった。

ぽつぽつと雨まで降り始めた。

さっきまでの海水浴へのうきうき気分が、ひどくつまらないものに思えてきた。

ぼくと舟《しゅう》は、夏休みの間のぼくたちの部屋で昼寝をすることにし、たたみの上にごろんと横になった。

舟は、つかれたみたいで、すぐに寝息をたてはじめた。

ぼくは、眠れなかった。

なっちゃん、どうしたんだろう？　何かの病気？　もしかして、ぼくが何か気にさわるようなこと、いったんだろうか？

お母さんの話では、なっちゃんは小さいころから成績優秀で、超難関《ちょうなんかん》の国立大学医学部でも現役《げんえき》で合格できるっていわれてて。

でも、高三になったころから急に勉強をしなくなったって。

結果はやっぱり不合格で、今は家でぶらぶらしている。

ぼくが知っているのは、これだけだ。お母さんはくわしいことは教えてくれなかった。どうしてだろう。

なっちゃんは、本当にすごいと思う。なっちゃんに教えてもらうと、ぜんぜん好きじゃない理科や算数が、魔法《まほう》みたいにおもしろいのに。

考えれば考えるほど、わけがわからない。

ぼくは、寝ている舟を起こさないように、そっと部屋を抜け出して、階段を上がり、なっちゃんの部屋の前に行った。

部屋のドアが少し開いていて、のぞくと、なっちゃんは床《ゆか》の上にあぐらをかいて、ぼんやりしていた。

「なっちゃん、あの、大丈夫？」

ぼくはとりあえず、話しかけてみた。

「うん。もう大丈夫。海《かい》と舟の前ではあんな姿を見せんようにしたかったんじやけど……。私はね、心の病気なんだ」

「心の？　なっちゃんが？」

「うん。心のバランスが悪いとああなるんよ。海は私をほめてくれたけど、ほんとの私はそんなふうにほめられるような人間じゃないんだ……。ねえ、海の好きなものって、何？」

ぼくはどきっとした。

まず心に浮かんだのは、サッカーだ。

だけど、「好きだった」といったほうが、今は正しい。

この考えを打ち消そうとして、別の好きなものを考えた。つぎに浮かんだのは、同級生の田村明日香《あすか》のこと。自然に頬《ほお》が熱くなる。ひゃあ。

心の中を見透《みす》かされないように、あわてて、「カ、カレー、かな」と小さな声でつぶやいた。

なっちゃんは「ぷっ」と吹きだして、

「あはははは、そうじゃなくて、うーんと、何をしているときが一番楽しい？って聞けばよかったかねえ」

ああ、やっぱりそれはサッカーだ、といいそうになって、ぼくはぎゅっとくちびるをかんだ。

「サッカー、やめたん？」

なっちゃんの言葉は、ぼくの心のゴールに、ずばんとシュートが飛んできたみたいだった。

「会えばいつもいつも、幼稚園のころからサッカーの話しかせんかった海なのに、今年の夏は、ぜんぜんサッカーの話、しないよね。何かあったん？」

なっちゃんには、かなわない。すべてを見透《みす》かされているようだ。

「いや。何もないよ。ただ……、サッカーはもういいんだ」

「そっか。……なんか、さびしいね。理由、聞いてもいい？」

「とくにない。けがして、何か月か練習を休んだ。ただ、それだけ。けがして、休んで、そんで、サッカーするのが……、怖《こわ》くなった」

「怖くなった？」

なっちゃんが、ぼくの目をのぞきこむ。

怖くなった、なんて、自分でいって、自分でおどろいている。

サッカーするのが怖《こわ》い？

ぼくは、サッカーが怖いの？

（だって、今までどおり、プレーできるのか）

せっかく、市の選抜《せんばつ》メンバーに選ばれたのに、四年生最後の練習試合で、右足の親指を骨折《こっせつ》してしまったのだ。

全治《ぜんち》二か月、と医者にいわれた時には、目の前が真っ暗になった。

足が治《なお》るまでの二か月で、ほかのやつらはどんなにうまくなるだろう？　けがが治った後、自分は今までどおり、ボランチとして活躍できるのか？

何より、市の選抜メンバーに選ばれたことが白紙になってしまったのが、つらかった。

二か月後、ぼくの足は治った。

だけど、ギブスをはずすと、右足の筋肉《きんにく》が落ちて、左足よりも細くなっていたのだ。

ショックだった。

しばらくはサッカーは禁止され、リハビリをした。

激しい運動をしてもいいと、その一か月後にいわれたけど、ぼくは少年団のサッカーの練習には行かなかった。

行けなかった。

怖かったのだ。

今までどおりのサッカーができなくなっているのを、自覚するのが怖かった。

周《まわ》りのみんなに、ダメになった自分を見せるのが怖かった。

「……海はいいな、って思ってた。打ちこめるものがあって。私はね、自分が何をやりたいのか、わからんのよ。自分が何が好きなのか、何が得意なのか、何をすれば満足なのか……。

探《さが》しても探しても、見つからない。きっと、何のとりえもない、つまらん人間なんよ」

ぽつりぽつりと、なっちゃんが言葉をつないでいく。

「なっちゃんが？　どうして？」

ぼくはすごく不思議に思った。

「なっちゃん、理科や算数、得意じゃない。ピアノだって、即興《そっきょう》でアニメソングを弾《ひ》いてくれたりするし、たくさんたくさん、得意なもの、あるじゃん」

学校の先生より、理科や算数を教えるのがうまくて、手先が器用で頭のいいなっちゃんが、得意なものがないって、どういうことなんだろう？

「ありがとうね。私ね、親や先生の薦《すす》めで医学部を志望したんじゃやけど、どうにも興味を持てなくて」

なっちゃんは、そばにあった鉛筆を手に取り、床《ゆか》に散らばっていたチラシの裏に、サラサラと絵を描きながら、話を続けた。

「高校の先生に相談したら、えらい剣幕《けんまく》で怒鳴《どな》られて。人の役に立つ、すばらしい職業じゃないか。医者がこの世で一番えらいんだから、何も悩《なや》む必要なんかないっていうんよ。……ほんとにそう思う？　どうしたらいいのかわからなくなって、勉強したくなくなった。バーバラはそれが気に入らんのよ」

「バーバラはなっちゃんが心配なんだよ、きっと」

「それはちがうと思う。自慢《じまん》の娘がそうでなくなったからだよ」

なっちゃんは、絵を描いていた手を止め、真顔でそう答えた。

「あれ、いつの間に描いたんかな？　子どものころは、無意識のうちにところかまわず絵を描いとったけんね。ノートや教科書にも。それで、よくバーバラや先生にしかられたんだった」

なっちゃんが描いていた絵を見ると、猫が描いてあった。灰色《はいいろ》一色の絵なのに、とても活き活きとしている。

猫の表情は人懐《ひとなつ》っこくて、今にも「みゃお」と鳴きそう。

へえ。なっちゃんって、絵もうまかったんだ。

そういえば、理科の説明をしてくれたときも、サラっと描いたモンシロチョウの絵が、やたら上手だったことを思い出した。

猫の絵はさらに細かい線まで描かれていって、つややかな毛並《けな》み、背中に二つの白い模様《もよう》……。

ん？　これって、もしかして、
なっちゃんに聞こうと思ったとき、

「海、紙ヒコーキ、作ろっか」

なっちゃんはふいに、猫を描いていたチラシを引っくり返して、紙ヒコーキを作り始めた。

ぼくも、つられて、そばにあったチラシで紙ヒコーキを折る。

「よーし、どっちが遠くに飛ぶか、競争しよう、なっちゃん！」

なっちゃんの部屋のベランダに出る。

ここからの眺《なが》めは、ずうっと斜面になっていて、たくさんの家が建っている。

そのずっと先に呉《くれ》の海が見える。

「じゃあ、一、二の、三っ」

二つの紙ヒコーキは、手をはなれて飛び出した。

ぼくのは勢いよく、なっちゃんのはふわっとやわらかく。

ぼくのヒコーキはすぐに墜落《ついらく》していったが、なっちゃんのヒコーキは、しばらく空をただよって、くるっと旋回《せんかい》して、ぼくのヒコーキより手前に落ちた。

「滞空時間《たいくうじかん》で勝ったのに、距離《きょり》で負けるとは！」

「はっはっはっ。ぼくの勝ちだね！　あ、しまった、アイスかけとけばよかった」

「もう遅いー」

二人で笑ったそのとき、なっちゃんの部屋の中で「ガシャン」と大きな音がした。

ふり返ると、そこには、あの「灰色《はいいろ》の猫《ねこ》」がいて、机の上のペン立てを引っくり返したところだった。

灰色の猫は、机の上からぴょんとベッドの上に飛び移り、「みゃあお」と鳴いた。

「ナツネコ、こら、どっから入ってきたん」

なっちゃんは猫を抱えてベッドの上にすわった。ぼくもとなりに腰《こし》をかける。

「なっちゃん、この猫、知ってるの？」

「うん。私が中学にあがったころから、ときどき部屋に遊びにくるんよ。ね、

ナツネコ」

「ナツネコっていう名前なの？　へんな名前」

「いいじゃん、ねーっ」

ナツネコはなっちゃんに抱かれると、太った体を丸めてごろごろにゃーんと鳴いた。

猫と顔をならべたなっちゃんって、やっぱり猫っぽいと思う。このナツネコそっくり。

「この猫、前に見たよ。クレじいの畑に行ったとき、岩のところで消えたんだ」

ぼくがいうと、なっちゃんがうなずいた。

「あそこにね、穴があいとるんよ。草がぼうぼうに生えとるけん、近くまで行かんと見えんのじゃけど。あそこに古い防空壕《ぼうくうごう》があるんよ」

「ぼうくうごう？　ああ、それ、前にクレじいに聞いたことがある。クレじいが子どもの頃、戦争中、敵の飛行機がくると、その穴に入って、爆弾から逃げようとした場所、だったよね？　まだ残っているの？」

そんな古いものが残っているなんて、おどろきだ。

「うん。　ナツネコはそこをおうちにしとるみたい。まえに、こっそりあとをつけてみたら、防空壕の中に入って行ったから」

なっちゃんはいとおしそうに、ナツネコののどを、こちょこちょとなでてやった。

「ねえ、その防空壕って、人が入れるの？　なっちゃん、入ったことある？」

「もうずっと昔、小学生のころに、友達と入ったことがある」

「へー」

「そのときは、いっしょにいた子がすごく怖《こわ》がって、すぐに出たんじゃけど。その後もう一度だけ、小学校を卒業するころに、一人で入ったことがあるんよ」

なっちゃんは、いたずらっぽく、首をすくめた。

「うわー、勇気あるなあ」

「自分だけの秘密基地にしようと思って、宝物《たからもの》を持ち込んだんじゃけど、途中で骨《ほね》を見つけてね。前に友達と入ったときは、なんでもなかったのに、急に怖《こわ》くなって、あわてて宝物を置いたまま防空壕《ぼうくうごう》から出て、それっきり」

「それって、人の骨？」

「今思うと、人の骨じゃなくて、なにかの動物の骨だと思う。小さかったし。でもあのときは、すごく怖かったんよ。宝物を取り返しに行こうと、何度も入り口までいったんじゃけど、やっぱり入っていけんかった」

「ふーん。じゃあ、今もそのままってこと？」

「そうじゃね。あのままになっている可能性はあるね」

それを聞いて、じぶんでも思いがけないことをいっていた。

「行ってみようよ。宝物を取り返しに。舟も連れて。三人なら、怖くないんじゃない？」

「うーん。今は、あそこにはなんとなく行きたくないんだ。……ごめん、少し疲《つか》れた……」

「あ、そうだね。寝てた方がいいよ」

ぼくはあわてて立ち上がった。

「あ、それからね、勉強を教えるの、二、三日お休みしてもいい？」

「……わかった」

「ごめんね。少しゆっくり考えたいけえ」

思いつめたような表情に変わったなっちゃんを見ると、ぼくまでつらくなってきた。

「じゃあ、また晩ごはんのときにね」

なっちゃんの部屋のドアを開けると、ぼくの足元をナツネコが、するりと通りぬけていった。

そのとき、背中の白い模様《もよう》が、一瞬、ほんとの翼《つばさ》みたいに、羽《は》ばたいたように見えた。

首をかしげながら階段を下りようとしたとき、階段の下からバーバラが、心配そうにこちらを見ているのに気がついた。

何かいいたそうにしていたが、ぼくの顔を見ると、さっと台所に引っ込んでしまった。

自分たちの部屋に行くと、まだ舟は寝ていた。

ぐうぐういびきをかいている。

舟っていいよな。何にも悩《なや》みがなさそうで。

5　逃げる水

体を動かしたくなって、下駄箱《げたばこ》の中からクレじいの自転車の鍵《かぎ》をとって、外に出た。

クレじいの自転車は少しガタがきていて、ペダルをこぐとキイキイ音がする。

家の前の坂道を一気に下る。

呉《くれ》は坂が多い。下り坂は風を切って気持ちいいけど、そのあとには上り坂。あまりの坂のきつさに、自転車を降りてしまおうかと思うけれど、それもくやしいので、しゃかりきにペダルをこぐ。

少し平坦《へいたん》な道にさしかかると、向こうの道路が、ヌラヌラと水にぬれているように光っていた。

近づくと、水は逃げるように遠ざかったり、消えてしまったり。

逃《に》げ水《みず》だ。

—蜃気楼《しんきろう》の一種なんよ。夏は道路の表面が熱くなるじゃろ。そうすると、地表付近の空気は温度が上がり、上に行くほど温度が低い空気の層《そう》ができる。この温度差のある層を光が通るとき、光が屈折《くっせつ》するの。つまり、光が、まがって目に届くんじゃね—

こんなふうに、と、なっちゃんは指で下向きに弧《こ》を描いて、教えてくれたことがあった。

—そのとき、見ている人には、地面から光がきているように見える。水鏡みたいに見えるんよ。その水たまりに近づくと、水たまりはまるで逃げるように遠ざかっていく—

ぼくはペダルをこぐ。水たまりはどんどん遠ざかっていく。

―昔、砂漠《さばく》をさまよう人が、オアシスの幻《まぼろし》を見て、そこに行こうとしてもオアシスは遠ざかるばかりで、けっしてそこにたどりつけなかった、っていう話を聞いたことがない？　それと同じ現象なんよ―

それでもぼくはペダルをこいでみる。

―ほかにも、ほら、伝説でよくあるじゃろ。空中に浮かぶ島とかお城の話。あれも蜃気楼《しんきろう》の一種じゃないかっていわれてる。空に浮かぶお城を探しに行っても、結局は幻で、そんなものは存在《そんざい》しない。昔の人は原理がわからなくて、摩訶不思議《まかふしぎ》な現象じゃったかもしれんけど、現代では科学的に説明がつくんよね―

なっちゃんはにこにこと楽しそうに説明していた。

ぼくにはさっぱりわけがわからなかったけど。

ただ、たどりつけないオアシスや、空に浮かぶお城の話は、妙《みょう》に印象に残っている。

長迫《ながさこ》公園のセミの大群が、ギャオーと、ものすごいうなり声をあげている。

ここには、戦艦大和《せんかんやまと》をはじめ、太平洋戦争の、戦艦戦死者の慰霊碑《いれいひ》がたくさんならんでいる。

ぼくは目の前の水たまりに追いつこうと、しゃかりきにペダルをこいだ。

もっと速く、もっと速く。

そうしたら、あの水たまりに追いつくかもしれない。

目に入る汗《あせ》をぬぐいながら、サッカーのことを考えていた。

サッカーをしなくなってから、もう、四か月。

十分間の休憩《きゅうけい》時間でも、ボールを蹴《け》っていたのに。

この前、試合があったらしい。

五年生になってから、初めての公式戦。ぼくが市の選抜《せんばつ》メンバーとして、初めて出ることになっていた試合。

二回戦で負けたらしいけど、同じ少年団で一番仲の良かった健太郎が、「海《かい》がいたらなあ」っていってたよと、健太郎のお母さんが、うちのお母さんに話したそうだ。

だけど、今のぼくが試合に出ていたら、一回戦負けだったよ。こんな足じゃあね。

健太郎は、学校はちがうんだけど、練習のときはいつもぼくのそばによってくるんだ。少年団に入りたての一年生の頃、一番最初に無口なアイツに話しかけたのが、ぼくだったから。

練習が終わってからも、二人で練習して、いっしょに市の選抜メンバーに選ばれたときは、すごくうれしかったな。

そこまで考えると、なんだか得体《えたい》のしれないさびしさが、胸《むね》の奥からキュウンとこみあげてきた。

ぼくはこれから、どこに向かって走って行けばいいのか。

何を追いかけて行けばいいのか。

逃げていく水たまりを見ながら、そんなことをぼんやり考えていた。


気がつくと、海上自衛隊のある、海まできていた。

本物の潜水艦《せんすいかん》が静かに横たわっている。

自転車をとめ、金網《かなあみ》越しに潜水艦をながめた。

早く大人《おとな》になりたいなあ。

だって、子どもってソンだよ。今生きているこの時にもたくさん悩《なや》みがあるのに、将来のことでもいっぱい悩まなくちゃいけないじゃん。

大人《おとな》はいいなあ。将来のことなんて、もう悩《なや》まなくていいんだもん。

お父さんもお母さんも仕事でいそがしいけど、いつも元気で、悩みなんかないように見える。

ぼくがサッカーのことで悩んでいるなんて、きっと知らないと思う。何も聞かないから。

ほかの大人たちだって、似たり寄ったりで、悩みなんてないんだろうな。

……でも。

なっちゃんは悩んでいる。もう二十歳で、いちおう大人なのに。

しかも、神様から、あんなにいろんな才能をもらったなっちゃんが。

つらそうななっちゃんの顔を思い出した。

そうだ。

防空壕《ぼうくうごう》の中にわすれてきた、なっちゃんの宝物《たからもの》、あれを取ってきてあげよう。

取ってきても、なっちゃんの「探《さが》し物《もの》」が見つかるわけではないけど、元気なよろこぶ顔が見たいから。

ぼくは、自転車に乗り、今きた道を引き返した。

クレじいのうちにもどり、寝ていた舟《しゅう》を起こした。

ぼくが防空壕のことを話すと、ねぼけまなこだった舟は、急に眼を輝かせて、「じゃ、明日、そこを探検しよう！　よし、これから明日の準備だ」と、大はりきりだ。

舟には、なっちゃんの「心の病気」と、なっちゃんの宝物の話はせずにおいた。なんとなく。

バーバラには、明日の朝、裏山へ遊びに行くから、舟と二人分、お弁当を作って、とたのんでおいた。

クレじいは、「裏山へ遊びに行くんなら、わしも」と、ついてきたそうにしていたけど、料理学校がある日だと、しきりに残念がっていた。

しばらくして、舟が、いくつもポケットのついた、大きなリュックを抱えてきた。

リュックは、舟が去年まで入っていたボーイスカウトのキャンプで使ったというすぐれものだ。

私立中学の受験勉強に専念するので、ボーイスカウトはやめたらしい。

ロープや、軍手、飯ごう、ビニール袋、新聞紙、ろうそくやマッチ、ライター、あめ玉やチョコレート、携帯用《けいたいよう》アルコールストーブや寝袋《ねぶくろ》まで、ごちゃごちゃと詰め込まれていた。

「だって、探検じゃろ、探検。ボーイスカウトのキャンプで使うものは全部持ってきた。携帯用ストーブはお父さんの。火力は弱いけど、お湯ぐらいは沸《わ》かせるじゃろ。ま、これだけあれば、遭難《そうなん》しても大丈夫」

「でも、防空壕にちょこっと入るだけだぞ。そんな荷物、じゃまになるだけだよ」

だって、背負うと、かたつむりに見えるぐらい、大きなリュックなんだ。

「いいってことよ。備《そな》えあれば、憂《うれ》いなし。それに、探検って感じがするじゃろ」

「だいたい、新聞紙なんて何にするの？」

「あほじゃのう。海は。新聞紙は、火をおこすときにいるじゃろうが。それにの、遭難したとき、服の内側にいれとくと、保温効果で凍《こご》えんですむんじゃ。ボーイスカウトで習った」

「だって、今、夏だよ？」

舟は、ほかにも入れわすれた物はないか、と、まだリュックの中をかきまわしている。

「入れるのはいいけどさあ、その荷物、自分で持てよ。重いぞー」

「うっ。海くーん、弁当と水筒《すいとう》は、わしの分も持ってくれん？」

「しょうがないなあ」

ほんと、舟って、昔からちゃっかりしてる。

ぼくがお正月や夏休みに呉にくると、

「海くんが、新しいゲームソフト、ほしいんだってー」

と、自分が欲《ほ》しいものを、ぼくが欲しいことにして、クレじいにおねだりして買ってもらったりするんだ。

まあ、ぼくの分も買ってくれるから、だまっているけど。でも、なんだかにくめないんだよな。

その日の夜は、なかなか眠くならなかった。

舟は何度も荷物の確認をしている。

ぼくはなっちゃんのことを考えていた。

「ねえ、舟。舟は何してるときが一番楽しい？」

「やってて楽しいこと？」

「うん」

「うーんと、うーんと、なんだろう？」

「舟は、勉強じゃないの？」

「やってて楽しいっていうのとはちがう」

「じゃさ、大人になったら、何になりたい？」

「うーん、わかんない……。親は医者になれ、なんて勝手なこというとるけど、いまいち

ぴんとこんよな」

「それ、なっちゃんもいってた」

「じゃろ。親戚《しんせき》に医者なんておらんしさ。そういう海は何になりたいん？」

「う……ん」

今までだったら、「ワールドカップの日本代表選手」と即答だったけどな。

答えに詰まってしまった。

「ほら、答えられんじゃろ。この前、学校で、『将来の夢』っていう題で作文書かされたんじゃけど、ぜんぜん思いつかんかった。将来、わしら、何になれるんか？　どういう選択肢《せんたくし》があるんか？　ぜんぜん分からん」

聞きなれない言葉が出てきた。

「センタクシ？」

「選択肢。何と何と何になれる可能性があるのか、ってこと。だけど、よく知ってる大人の職業って、学校の先生ぐらいじゃないか？　あとスポーツ選手とか、お医者さんもいるけど、お父さんだって、ふつうの会社員だし。ほかに何があるんだ？　わしにはわからんよ」

そういって、舟は眠ってしまった。

ぼくたちがなれる大人の選択肢？

うわっ。何があるんだろう？

今まで、ぼくはサッカーのことしか見ていなかった。ほかに、何がぼくの選択肢の中にあるのだろう？

頭がこんがらがってきた。

早く寝よう。

6 探《さが》し物《もの》は何ですか

つぎの日は、入道雲がぐんぐんひろがり、日差しの強い、THE夏っていう感じのいい天気だった。

ぼくと舟《しゅう》は、リュックをかついで、防空壕《ぼうくうごう》へ向かった。

「わくわくするのう」

舟は、ふんふんと鼻歌まで歌っている。

ぼくもわくわくしながら空気をいっぱい吸って、あの百段の階段をかけあがった。

「待ってくれー」

舟が大きなリュックをゆさゆさ揺《ゆ》らしながら、追いかけてくる。

草をかき分けて、岩のところまで近づいて行った。

あった。小さな穴。

防空壕の入り口だ。

ぼくたちがかがんで、やっと入れそうな穴だ。昔はもっと大きかったのだろう。少し崩《くず》れているみたいだ。

古いジュースの空き缶が穴の周《まわ》りに捨ててある。

「海《かい》ぃ。お先にどうぞ」

舟は怖《こわ》くなったみたい。

「おう。ついてきて」

ぼくは懐中電灯をリュックから取り出し、ゆっくりと穴に入った。

中は光が届かず、真っ暗だった。

懐中電灯で照らしてみると、足元の地面は、ただのスロープではなくて、下りの階段状になっている。もうずっと昔に作られたからか、地面がけずられて、すべりやすい。

二メートルも行くと、ぼくたちの身長なら立って歩けるぐらい、中は広く大きくなった。

「けっこう、大きいんじゃのう」

舟は、ぼくのTシャツのはじっこをしっかりつかんで、そろそろとぼくについてきた。

「これ、なんだろう？」

ぼくは、懐中電灯に照らされた足元に、小さな茶色の棒《ぼう》のようなものを見つけた。

「うわあああ」

舟はぼくにしがみついてきた。

「ちょっと、舟、もうちょっとはなれてくれよ。歩きにくいじゃん」

「だって、あれ、あれ、ほ、骨《ほね》じゃない？」

ふるえる声で舟はいった。

ぼくは眼をこらしてよく見てみた。

そうだ、明りに照らされた茶色い棒。

あれは、たしかに骨みたいだ。

細くて小さな骨。

八センチぐらいだろうか。

それが、二本、ころがっていたのだ。

それに、その横には……

「うわっ、ガイコツだ！」

小さな頭蓋骨《ずがいこつ》。

ぼくたちは後ろにすっころんで、そのまま動けなくなった。

防空壕《ぼうくうごう》に逃げ込んでも、そこで空襲《くうしゅう》にあって、亡《な》くなった人がいる、って
クレじいがいってたっけ。

呉《くれ》には軍港があって、敵の戦闘機《せんとうき》にねらわれやすかったんだ。

今は埋められてしまったけど、このあたりには防空壕がたくさんあって、そ
の中で死んだ人もたくさんいる、って。

ぼくたちは、抱き合ってブルブルふるえた。

「舟、帰ろうか」

「海……。そ、そうじゃのう」

ぼくたちは、抱き合ったまま、しばらく沈黙《ちんもく》した。

「……でも、待てよ、よく見てみい」

舟は何か思い直したように、少し落ち着いた声でいった。

「あれ、犬か猫の骨じゃない？」

懐中電灯でもう一度、じっくり照らしてみた。

そういえば、なっちゃんも、そんなことをいっていたっけ？

よく見れば、口のあたりが突き出ているような気がする。

「そうだ、きっと。ああ、びっくりした」

「そうだよね、あはは、あーびっくりしたー」

「あはははは――」

ぼくと舟は、ほっとした安堵感《あんどかん》からか、変に興奮《こうふん》したかんじになって、へらへらと笑ってしまった。

「ねえ、舟、ほんとはここに、入っちゃいけないんじゃないかなあ」

「どうして？」

「だって、実際、この中で死んだ人もいるかもしれない。ぼくたちが入って、その人の霊《れい》が怒ったりしないかな」

「そういうこともあろうかと」

舟は、がさがさとリュックの下の方をあさった。

「ほら、お線香《せんこう》も持ってきたんよ」

舟の用意のよさに、ぼくは半分あきれ気味に感心した。

小さなその骨に土をかけ、線香をたてて、ライターで火をつけた。

少し長めに手を合わせてみたりした。

「この骨も、空襲《くうしゅう》でやられたのかな」

「そうかもね。それか、ここを住みかにしていて、自然に死んだんかもしれん」

「空襲で爆弾《ばくだん》に撃《う》たれたら、どんなふうに痛いのかなあ」

「うー、わしはここの出口をふさがれて、生き埋めになるほうがいやじゃ」

「……」

二人とも、神妙《しんみょう》になって、無口になった。

そのときだ。足先を何かが、さっとかすめて通り過ぎて行った。

懐中電灯をむけると、そいつはビクッと立ち止まり、ふりむいた。

灰色《はいいろ》の猫だ。

見覚えのあるこの顔。

あのナツネコだ。

しかも、口に何かくわえている。薄《うす》い、本のようなもの。

明りをむけて照らしてみると、ナツネコのすぐそばに、小学生が使う、「お道具箱」のようなものが落ちていた。ふたが開いている。

ぼくらはそれを拾って中を調べてみたが、何も入っていなかった。

さっきナツネコがくわえていたのが、この中に入っていたものなんじゃないだろうか。

あれは、きっと、なっちゃんの宝物《たからもの》だ。

お道具箱には名前のラベルもついていたが、はがれかけていて、字も読めない。

「この猫、わしらについてきたんかのう。何くわえとんじゃろ」

舟はナツネコのことを知らないんだ。

ぼくは、ナツネコのことは舟に秘密にしておきたかった。話すと、なっちゃんの心の病気のことまで話してしまいそうだったから。

「猫ちゃん、ほら、そのくわえているのを、こっちに」

ぼくはナツネコにいってみたが、何かをくわえたまま、さっさと奥の方に行ってしまって見えなくなった。

その背中を見て、ぼくは、あれっと思った。

また、背中の二つの白い模様《もよう》が、ぱたぱたと動いたように見えたからだ。小さな翼《つばさ》のように。

「猫が奥の方まで行けるんなら、危ないこともないじゃろう。行ってみようか」

「うん」

舟は、白い翼に気づかなかったみたいだ。

ぼくと舟はナツネコの後を追った。

防空壕《ぼうくうごう》の中は、意外なほど大きくて、奥行きがあった。大人が楽に立って歩きまわれるほどの広さだ。

自然にできた洞窟《どうくつ》を利用して、作られたのかもしれない。

ひんやりしていて、気持ちいい。

舟は、「あーっ」と声を出して、声が響《ひび》くのを楽しんでいる。

懐中電灯でぐるりと照らしてみると、右手奥の下の方に、小さな穴があった。

人間がはいつくばって、やっと通れるぐらいの穴だ。

「さっきの猫、見当たらんけど、ここに入ったんかのう？　入ってみようや。海、先行って」

リュックを下ろしながら、舟はそういって、ぼくの背中を押した。

穴をくぐり抜けると、立ち上がっても平気なほどの大きな空洞《くうどう》になっていた。高さはどのくらいだろう。舟の身長の十倍はあるだろうか。上まで登っていきたいけど、ロッククライマーでもないと無理だ。

空洞の壁は反《そ》り返っていて、巨大な三角フラスコの中に入っているような、そんな感じがした。

ナツネコを懐中電灯の灯りで探してみたが、みつからない。

「海、おなかすかん？　ここで弁当食べよう」

「えっ、こんなとこで？」

「探検しとるって感じがするじゃろ」

舟はキャンドルランタンを取り出し、ライターで火をつけた。

「ほらーっ、ええ感じじゃ」

キャンドルランタンの炎《ほのお》が、ぼくらの顔をぼおっと照らし、ここでこれから何かが起こりそうな、そんな雰囲気《ふんいき》をかもし出した。

バーバラの作ってくれた弁当はおいしかった。塩のよくきいたおにぎりや卵焼きが、特別おいしく感じられた。

食の細い舟も完食。

「みゃーお」

猫の声だ。

ぼくたちは後ろをふり返った。

そこには、いつのまにきたのか、ナツネコがけだるそうにすわっていた。

そばにはあの、本のようなもの。
それを拾い上げ、ランタンの明りに近づけてみた。
小さなスケッチブックだった。
緑色の表紙には、子どもっぽい丸い文字で、『ナツネコ』と書いてある。
まちがいない。
ぼくは、それがなっちゃんのものだと確信した。
ページを開いてみた。
最初のページには、小さな子猫が描いてある。
このナツネコを幼《おさな》くしたような子猫。
黒い鉛筆で描いたデッサン。
背中に白い二つの模様《もよう》。
つぶらな瞳《ひとみ》でこちらを見上げているようすは、生き生きとしていて、こちら

の世界に抜け出てきそう。

これを、なっちゃんが小学校を卒業する頃にここに持ってきたとするなら、小学生で、こんな絵を描いていたことになる。

「すっごい、うまいのう。この猫に似とるねえ」

舟は、ナツネコとスケッチブックの絵を見比べている。

ページをめくると、猫が成長し、背中の白い模様《もよう》も少しずつ大きくなっていく。

猫は何かを追いかけているけど、何かはよくわからない。

ぐちゃぐちゃと黒く塗《ぬ》りつぶしてあるそれが、ぼくには、逃《に》げ水《みず》のように見えた。

猫はさらにそれを追いかけて、丘の上までくる。

呉の海が見える丘の上から、飛び立とうとしているところで、絵は終わってしまった。

舟が感心したようにいった。

「この景色って、わしらがクレじいの畑に行くときに、階段を百段上がりきったところの景色と似とるのう」

「うん。たぶん、そうなんじゃやない」

絵を全部見終わった舟は、洞窟《どうくつ》をうろうろしはじめた。

ぼくは、スケッチブックをそっと、リュックの中にしまった。

舟が、「うわー」とさけんで、洞窟に反響《はんきょう》する音をおもしろがっているので、ぼくもいっしょになってさけんだり、持ってきたアルコールストーブで、お湯を沸《わ》かして、コーヒーを飲んだりもした。

「ほうら、役に立つじゃろ」

と、舟は得意げにいった。

そんなぼくたちのようすを、ナツネコは目を細めて見つめていた。

舟の腕時計のアラームが、ピピピピッと鳴った。舟のアラームは、いつも三時のおやつの時間にセットしてある。

そのときだ。

突然、地面がぐらぐら揺《ゆ》れた。

上の方から、ばらばらと土の塊《かたまり》が降ってくる。

頭を手でかかえこんだ。

「舟、大丈夫か！」

「大丈夫じゃない！　地震じゃ！」

上からぱらぱらと土や石が落ちてくる。

二人でおたがいにしがみついた。声も出ないほどの恐怖《きょうふ》。

さっき見た頭蓋骨《ずがいこつ》が、頭をかすめた。

いやだ！

お母さん！　お父さん！　助けて！

ゆれはしばらく続いた。

やがて、ゆれが収まり、あたりを見回した。

舟もぼくも、土まみれだった。

「ああ、よかった。舟、ぼくたち、生きてるね」

「……なんか、妙《みょう》に明るいのう」

「ぼくはいっつも明るいよ」

「いや、海じゃなくて、穴の中が、じゃ」

舟にいわれて気がついた。

真っ暗だった穴の中は、上から光が差し込んでいる。

見上げると、頭上にぽっかりと、穴が開いていた。

「おい、こっち見てみい。ヤバいぞ」

舟が、ぼくたちが通ってきた横穴のあたりを指差した。

こっちの穴は、さっきの揺《ゆ》れで崩《くず》れて、ほとんどふさがれていた。

「ちょっと掘ってみる」

舟のリュックに入っていたスコップで、穴のあったあたりを掘ってみたが、だめだ。

完全にふさがれている。

「舟、どうしよう……。上に上るしかないよ。でも……」

「あんなに高いところ、無理じゃや。くそー、スマホ、持ってくればよかった」

「そうだね、でも、ここじゃあ電波が入らなかったかもね。バーバラには、裏山へ行く、といってきたから、ぼくたちが帰ってこなかったら、探しにくると思うけど……」

「でも、こんなところにいるとは思わんよ、だれも」

「どうしよう」

「……」

上によじ登ってみようとした。

何度も何度も。

無理だ。

反《そ》り返った壁が、ぼくたちを拒絶《きょぜつ》する。

足をかけるくぼみもなくて、二メートル上にさえ行けない。

ふいに、三角フラスコの中に捕《と》らえられた、ネズミになったような気がした。

ネズミ？

そういえば、ナツネコはどこに行ったのだろう？

さっきから、ナツネコの姿は見えない。鳴き声も聞こえない。

まさか。まさか。

血の気がすうっと引いていくのがわかった。

そこらへんの岩をどけ、土をかき分けてみた。

ナツナコは、いない。どこにも、いない。

舟はべそをかきながら、リュックの中をごそごそさがしている。

そのうちに、上の穴からは、光が差し込まなくなった。

日が暮れてきたらしい。

懐中電灯の光で、土砂《どしゃ》に埋もれていたキャンドルランタンをさがし出し、火をつけた。

心細そうな舟の顔が、光の中に浮かんだ。

「のう、海。どうしよう」

「明日になったら、だれかさがしにくるよ。上からぼくらをひっぱり上げてくれるはず」

「そうかのう。このままわしら、死んでしまうんかのう」

「ばか！　縁起《えんぎ》でもないこというなよ」

「去年、ひいばあちゃんが死んだじゃろう。人は死んだら、どうなるんかのう。天国や地獄って、ほんとにあるんかのう」

「……」

「わしらが死んだ後、なんにもなくなってしまうのは、なんかさびしいのう。死者の国があって、死んだ後も存在《そんざい》できるところがあるっていうんなら、ええんじゃけど」

「むずかしいことというなあ。こんなときに」

「わしが死んだら、だれか、わしのこと、ずっと思ってくれるじゃろうか」

舟は目にいっぱい涙《なみだ》をためていた。

「そりゃ、おじさんやおばさん、バーバラ、クレじい、みんな思ってくれるよ」

「じゃあ、お父さんやお母さん、バーバラ、クレじい、みんな死んでしまったら？　わしのことを覚えていてくれる人は、だれもおらんいうことか？」

「舟の友だちがいるよ。学校の友だちや、塾《じゅく》の友だちだっている」

舟は、ほうっとため息をついた。

「わしのう……。今、あんまり友だちおらんのじゃ。夏休みに入る前にの、黒板に算数の式を書いてる先生に、『そこ、ちがいまーす』って、まちがいを指《し》摘《てき》してしもうたんじゃ」

「へー、さすが舟」

「そしたらの、先生、キレてしもうた」

「あらま」

「おまえは、生意気《なまいき》だ！　ってものすごい顔で怒られた。その後の授業からは、ずっと無視された」

「ひどいねえ」

「先生が無視してるのに気づくと、みんな、わしのこと、無視し始めた。『ずっと前から、アイツ、生意気だと思っとった』とか、『ちょっと勉強ができるからって、いい気になって』とか、コソコソいってる声が聞こえた。

ずっとそんな調子じゃったんよ……」

ぐずぐずと鼻をすする舟の告白に、おどろいた。舟って、なんの悩《なや》みもないのかと思っていたから。

たしかに、舟って、ちょっと生意気で、ちゃっかりしているところもある。でも、だれだってそういうところはあるんじゃないか。

舟は、いっしょにいて楽しい。みんなにきらわれるような、そんないやなヤツじゃない。

「舟の、思い過ごしだよ」

「……」

舟の顔がゆがんだ。

この前の二河川《にこう》でのことを思い出した。

あのとき、舟が見せた表情と同じだ。たった一匹で泳いでいた金魚に、今の自分を重ねていたのかもしれない。

「だれにも想《おも》われずに、死ぬのはいやじゃのう」

「ひいばあちゃんも、いやだったんかなあ、死ぬの」

「お母さんの話じゃ、そうでもなかったみたいで。死ぬときは、安らかな顔をして、『ありがとうね』って、いったんじゃと」

「ふうん。よくわからんね」

「わしらも、歳《とし》とったら、死ぬのがいやじゃなくなるんかのう」

「そうなったら、ええけどのう……」

ぼくも広島弁になっていた。

舟の持ってきた寝袋《ねぶくろ》を枕《まくら》にして、二人とも疲《つか》れはてて、眠ってしまった。

7　追いかけてみなきゃわからない

気がつくと、日の光が洞窟《どうくつ》に差し込んできていた。

舟《しゅう》はもう、起きていた。

「おなかがすいたのう。どうしたら、わしらの居場所を外の人に教えることができるかのう」

「さけんでみるか」

いっしょに、上の穴に向かって、

「おーい、おーい」

と、さけんでみた。

ぐおーん、ぐおーんと、声は洞窟の中に共鳴した。

「なんか、まわりの壁に反響《はんきょう》するだけで、外にはちゃんと聞こえてないみたいじゃ。聞こえたところで、穴のまわりに人がおらんかもしれんし」

こんなとき、サッカーボールがあったら。蹴《け》り上げて、穴の外に出してやるのに。

そうすれば、外の人に、居場所を知らせる手がかりになるかもしれないのに。

ああ。

ボールを蹴りたい。

思いっきり。

「なあ、舟、リュックの中に、サッカーボールとか、入ってないよな」

「さすがに、それはない。……海《かい》、おまえ、サッカーやめたんか？」

「うん」

「クレじいもバーバラも、なっちゃんも、みんな海のこと、心配しとったんで。海の母ちゃんから、海がサッカーやめたって聞いてのう。あんなに好きだったサッカーじゃ。いろいろ悩《なや》んどるんじゃろうって、心配しとったんで」

「うん」

「この合宿も、サッカーやめて呆《ほう》けたようになっとる海を元気づけるのが、一番の目的じゃったんじゃ」

「そうか。みんな、知ってたのか」

おどろいた。みんなして、ぼくを心配していたなんて。

「ケガは治《なお》ったんじゃろ？」

「治った」

「ほんなら、またやればいいじゃん」

「そんなに簡単《かんたん》じゃないんだ」

「ふうん。わし、海みたいに体力あって、運動神経よかったら、ええのになーって、ずっと思っとったんで」

「……」

「海、いっつも、サッカーのことばっかし、話とったじゃろ？　好きで好きでたまらんかったじゃろ？　おまえはサッカーしとるときが一番、光っとんよ。足が治ったんなら、またがんばったらええじゃん。どうせ、根っからのサッカーバカなんじゃけん」

「サッカーバカ？」

「そう。脳《のう》のＣＴスキャン撮《と》ってみたらわかるわい。脳みそは、白と黒のサッカーボール柄《がら》になっとるはずじゃ」

なに？

サッカーバカ？

脳がサッカーボール柄《がら》？

まじめくさってそんなことをいう舟がおかしくて、ぷっと吹き出してしまった。

舟も笑ってる。

サッカーバカ、か。

そう、ぼくはサッカーバカだよ。

サッカーやめたっていっても、結局サッカーのことばかり考えてる。

「海、リュックの中にサッカーボールがあったら、どうしようと思ったん？」

「あの穴に向かって、ボールを蹴《け》り上げようと思った」

「そうか。海にならできるんじゃろうのう」

舟は、頭上にぽっかり開いている穴を、まぶしそうに見上げた。

そう。

あの穴のその先に向かって、ボールを蹴る。

ボールの軌跡《きせき》がはっきりと目に浮かんだ。

ん？

この見上げている感じ、いつかどこかで……。

そうだ！　気球！

ぼくは、この前なっちゃんが作ってくれた、気球のことを思い出した。

「なっちゃんの気球があったら」

「あんな気球に、わしらが乗れるわけないじゃろ？」

「いや。助けを呼べるかもしれない」

ぼくは思いついたことを、舟にはなした。

「……海、わし、いろいろ持ってきて、正解じゃったわ」

舟は、リュックの中をごそごそとさぐった。

白いゴミ袋、セロハンテープ。針金や、たこ糸まで出てきたときには、笑えてきた。

「アルコールは、アルコールストーブの中にあるじゃろ」

ぼくたちは、なっちゃんがしてみせてくれたように、ゴミ袋の気球を作り始めた。

「アルコールを入れるアルミ箔《はく》がないんじゃー」

「それならさ、バーバラのお弁当に入ってた、アルミ箔があるよ！　りんごのうさぎが包んであったやつ」

「おっ、たまには海もいいことというじゃん」

「たまには、って……。それにしてもお腹すいたー」

「リュックにチョコレートが入ってるから、食べてええよ」

「舟、今日はたのもしいねえ」

昨日、べそをかいていた舟とは思えない。

「わしは、やるときはやる男じゃ」

気球づくりは、なっちゃんのように手ぎわよくはいかなかったけど、なんとか進んでいった。

ティッシュペーパーを、脱脂綿《だっしめん》の代わりに芯《しん》にし、アルミ箔で作った皿に入れた。

「ゴミ袋の口に、コントロール用のたこ糸をつけてっと。よし、完成！」

「やったー！」

「よろこぶのはまだ早い。問題は、ちゃんと上の穴から外に出てくれるか、だ」

「あの高さまで、上がっていってくれるかなあ」

「急がないと、お昼になっちゃう。ほら、なっちゃんがいうとったじゃろ、外の空気と袋の中の温度差が大きい方が、よく上がるって。朝の気温の低いうちに上げてしまおう」

「うん。ねえ、舟、リュックにサインペンないの？」

「あるけど、どうするん？　あ、そうか！」

舟から黒いサインペンを受け取ったぼくは、白いゴミ袋に、大きく、

「SOS！　海&舟」と書き、裏には猫の絵を描いた。

「えーと、海、それ、何？」

「猫に見えない？」

「ギリギリ見えんこともない」

「なら、いい」

「翼《つばさ》がついとるけん、何か思うたわ。よし、点火するぞ」

舟は、アルコールを浸《ひた》したティッシュに、マッチで火をつけた。

ゴミ袋は膨《ふく》らみ始めた。

こんなときでも、わくわくしてしまう。

ゴミ袋の気球が上がり始めたので、糸を持った。動きをコントロールするためだ。

「うまく穴の外に出てくれ」

祈《いの》るような気持だった。

洞窟《どうくつ》の中は風がないので、ゴミ袋の気球は、ふわりふわりと、まっすぐに上がっていった。

「いいぞ、いいぞ」

やがて、上の穴から出ると、左の方にそれて、穴から見えなくなった。

「ナイスシュートッ」

ぼくたちは大よろこびで抱き合った。

「あとは、あの気球がだれかに発見されるだけだ。なっちゃんのおかげだね」

「だけど、見つけてくれるじゃろうか」

「わからないけど、なんとなく、なっちゃんが、見つけてくれるような気がする」

ぼくは、本当に、そう信じていた。

急に力が抜けて、二人でその場にごろりと横になった。

疲《つか》れてクタクタだった。

閉じかけた目に、上の穴にむかって壁《かべ》を駆け上がる灰色の猫が映った。

あれは、ナツネコ？

生きていたのか。よかった……。

そこまで考えて、ぼくは、眠りに落ちた。

8　夢は何ですか

ぼくと舟が発見されたのは、その日のお昼頃だったらしい。

気がついたのは、病院のベッドの上、つぎの日の朝だった。

ナツネコがぼくの顔をのぞいている、と思ったら、なっちゃんだった。

「気がついた？」

寝たまま周《まわ》りを見まわした。

舟《しゅう》が、となりのベッドで眠っている。寝息が聞こえる。

よかった。

「ぼくたち……」

「防空壕《ぼうくうごう》の中に入ったんじゃね。びっくりしたよ。私のせいじゃね。あんな話したけん」

「いや、なっちゃんは悪くないよ。ねえ、なっちゃんが、ぼくらを見つけてくれたんでしょ？」

「うん。あのゴミ袋の気球！　よく飛ばしたね。あれがなかったら、あんたたちが裏山のどこにいるのか、わからんかった。防空壕の穴は崩《くず》れて半分埋まってたし」

「きっとなっちゃんが見つけてくれると思ってた」

「うん」

「そうだ！　それより、見つけたんだ。なっちゃんの宝物《たからもの》！」

「海《かい》のリュックの中に入っとった」

これね、といいながら、持っていたスケッチブックをぼくに見せた。

「ありがとう。見つけてくれて。これを見たおかげで、自分の探《さが》し物《もの》が見つかった気がする」

「えっ？」

「ほら、見て」

なっちゃんは、スケッチブックの最後のページを見せてくれた。

ぼくが見たとき、たしか最後のページには、ナツネコが、呉《くれ》の海に向かって飛び立とうとしているところで、終わっていたはずだ。

ところが、いま最後のページには、ナツネコが、翼《つばさ》を大きく広げて、海の彼方《かなた》のまぶしい光に向かって飛んでいるシーンが、生き生きと描かれている。

「これ、ぼくが見たときにはなかった」

「うん。さっき描いたばかりじゃけん。やっぱり、最後は空を飛ばんとね」

なっちゃんは頬《ほお》を赤くして、楽しそうにほほえんだ。

ノートの最後から二番目のページ、ナツネコが、呉の海を見下ろしているページを指差して、

「これはね、小六の夏休みに描いたものなんだ」

「ものっすごくうまいよね」

なっちゃんは、うれしそうに、にっこりしていった。

「ありがと。私ね、小さいころ、絵を描くのが大好きじゃった。おこづかいで、ノートやスケッチブックやペンをたくさん買って。特に好きだったのは、空想の世界を描くこと。いつか、自分の描いた絵本でみんなをわくわくどきどきさせられたら、すてきだなって、思っとった」

「その夢、わすれていたの？」

「心の奥にしまいこんで、出てこんようにしてたんじゃね。絵描きなんて、なれるわけないし、絵描きになってもそれで生活できないって、周《まわ》りの人にいろ

いろいわれたし。

それに、自分には才能があるかどうかなんて、わからんじゃろ。才能がないのがわかってしまうのが怖《こわ》かった。だから、中学に進学する前に、絵を描くのをやめてしまったんよ」

それって、今のぼくと似てる気がする。

サッカーが下手になっている自分を、他人に見せるのが怖くて、やめてしまったぼくに。

「才能があるかないかなんて、関係ない。絵が好きなら、描けばいい。

才能がないのがわかってしまうのが怖い、なんていうのは、他人の目を気にしているだけのことなんじゃやね。そんな当たり前のことが、やっとわかった」

なっちゃんは、ぼくに向かって、「ね」っていうような顔をした。

「うん。ぼくも、サッカーするのが怖いっていったけど、『アイツ、けがしてダメになったな』っていわれるのが怖かっただけなんだ」

平気でこんなことがいえるのがふしぎだった。

「うん」

「サッカー、続けるよ。だって、サッカーが好きだから」

「そ。それでよし」

「ぼくね、なっちゃんは、算数や理科を教える先生になったらどうかって、思ってた。だって、なっちゃんの授業って、おもしろいよ」

「子どもたちに、理科や数学のおもしろさを伝えられたら、それもいいね」

「そういうのを絵本にしたらどう？　どんどん続きが読みたくなって、自然に頭がよくなれば、いいじゃん」

「ＳＦ絵本ってとこか……。ええね。やらんで後悔《こうかい》するより、できることをやってみようか」

「うん。ぼくも。今すぐにボールを蹴《け》りたいよ」

なっちゃんとぼくは、目を合わせて、にかっと笑った。

二人の間で通じ合うものが、そこに流れている気がした。


「ねえ、スケッチブックの猫って、ナツネコに似てるよね？」

「ナツネコね。わたしね、ナツネコはたぶん、スケッチブックから、抜け出してきたんじゃないかと思っとるんよ」

「えっ？」

「あのナツネコが私の前に現れたのって、スケッチブックを置いてきたころからなんよ。

……ふふ。ナツネコは私の分身で、悩《なや》める私に、『探《さが》し物《もの》』を届けるために、スケッチブックを抜け出して、この現実世界にやってきた……、ね？」

なっちゃんは、いたずら猫のように笑って、スケッチブックの最後のページをじっと見た。

ぼくは聞いてみた。

「スケッチブックのナツネコが追いかけてるの、逃《に》げ水《みず》だよね？」

「そう。逃げ水って、科学的に説明できる幻《まぼろし》や蜃気楼《しんきろう》だって話を、前にしたよね？」

「うん。動くオアシスや、空中に浮かぶ島やお城の話も、説明がつくって」

「そうだけどね、海。私ね、ずっとずっと思っとったことがあるんよ」

「何を？」

「最初から、全部科学的に説明のつく幻だって、決めつけることはないと思うんよ。９９・９９パーセントは蜃気楼だったかもしれないけど、０・０１パーセントぐらいはね、動くオアシスや、空中に浮かぶ島やお城が、本当にあったかもしれんじゃろ。

追いかけてみんと、本物か幻か、わからんと思うんよ」

なっちゃんは、遠くを見るような眼をしてうなずいている。

ぼくは、なっちゃんのいうことが、すっかりわかったわけではないけれど、本当にそうかもしれないと思っていた。

9 羽《は》ばたくナツネコ

「夏海《なつみ》、交代するよ。あれっ。海《かい》、目がさめたんか」

病室のドアが開き、バーバラとクレじい、そして舟《しゅう》のお母さんが入ってきた。

クレじいは、ほっとしたような笑みを浮かべて、ぼくの頭をなでた。

「よかったのう。えらかったのう。がんばったのう」

「もう、心配させて。海、お父さんとお母さんね、今日のお昼頃、こっちに着くそうだから。もう、大さわぎじゃったんよ。警察にも連絡して、本格的な捜《そう》索《さく》になる前に、夏海が見つけてくれたからよかったようなものの……」

バーバラは、怒ってキンキンした声を出していたけど、ぼくたちのことを心配してくれたことは、よくわかった。

「夏海、あんたはもう、帰ってええよ。昨日、寝てないんじゃろ？」

「なっちゃん、徹夜《てつや》で看病《かんびょう》してくれたの？」

「これ、描きながらね。でも、感謝せんでええよ。感謝しとるのは、私のほうじゃけん。ありがとう。探《さが》し物《もの》、見つけてくれて」

バーバラとクレじいは、きょとんとした顔をしていたが、ぼくとなっちゃんは顔を見合わせて、秘密の笑いをかわした。

「うーん、よく寝た」

となりのベッドの舟が、目を覚ましたようだ。

「みなさん、おそろいで……。ということは、わしら、助かったん？」

まるっきり大丈夫そうなので、みんな笑って、安心した顔になった。

「たいした地震じゃなかったんじゃが、穴の中はけっこう崩《くず》れとったみたいじやけんのう。こわかったろう」

とクレじい。

「わし、失敗したわ。水をもっと持っていけばよかったんよ。食いもんはお菓子ぐらいしかなかったし。よし、次回は……」

「つぎがあったらこまるわいね」

舟のお母さんは、舟の頭に軽くゲンコツをくらわせた。

みんなでアハハハと笑った。

「海に、暑中見舞いが届いてたよ。家から転送されてきたみたい」

バーバラは絵ハガキをよこした。

「あっ、健太郎からだ」

あいつらしい大きな字で、こう書いてあった。

「海といっしょにサッカーがしたいよ。

海がいたらなあって、いつも思う。

もどってこいよ！　　中田健太郎」


うんうん。そうだね。

健太郎がいった「海がいたらなあ」は、「海がいたら試合に勝てた」じゃなくて、「海がいたら、もっと楽しかった」っていう意味だったんだね。

「もう一枚、きとるよ、海。女の子から」

バーバラは意味ありげにそういうと、もう一枚の絵はがきを、「じゃーん」といって、見せた。

舟は、ベッドから飛び起きると、バーバラの手から、さっと絵はがきを奪《うば》いとり、大きな声で読み始めた。

「海くん、お元気ですか？

私は、沖縄《おきなわ》に行ってきました。

海がとってもきれいで、気持ちよかった。

来年はいっしょに海に行きましょうね。

田村明日香《あすか》」


ぼくは、足の先から髪《かみ》の毛の先まで、ざーっと熱くなっていくのを感じた。

「舟、返して！」

ああ、顔のほてりがとまらない。

舟は絵はがきをぶんぶんふりまわして、ベッドの上をぴょんぴょんはねた。

「だれよ、田村さんって。海の彼女？」

もう、なっちゃんまで。

「ち、ちがうよ。ただのクラスの友だち」

「ええのう。海は。もてるんじゃのう」

みんながくすくす笑っていると、廊下《ろうか》からガヤガヤとざわめき声が聞こえ、病室のドアが開いた。

「舟！　もう大丈夫なん？」

「びっくりしたでー。もう」

「わしら、おもしろがって無視したりして、ごめん」

口々にいいながら、七、八人の子が花束や果物を持って、舟のベッドを取り囲んだ。

舟は、ぽかんとした顔をしていた。

「ほらほら、クラスのみんながのう、おまえがいなくなったことを聞いて、探《さが》してくれたんで」

クレじいが、目を細めてにっこり笑った。

「あ、ありがとう、みんな……」

舟は、大きな目で天井を見ながら、鼻をぐずぐずいわせている。

クラスの友だちに囲まれて笑ってる舟を見て、あー、今日はいい日だ、って思った。

そして、舟から奪《うば》い返した絵はがきをながめた。

青い海の写真がきれいだ。

舟が読み上げた文面の下に、小さな文字で、追伸《ついしん》がついていた。

「p.s.　海くん、サッカー、もうやらないの？

サッカーやってる海くん、好きです」

夏休み、最後の日。

ぼくは、東京へ帰る。

電車から、呉の海をながめている。


ぼくたちが目を覚ました日の夕方、両親が呉に着いた。

しばらくクレじいの家で安静に、ということで、ぼくは夏休みの終わりまで呉にいることにし、両親には大丈夫だから、と先に帰ってもらった。


ぼくたちが退院したつぎの日、舟は家に呼びもどされた。

今回のことで、両親にたくさんしかられた舟は、「心配かけてごめんなさい。もう危ない所には子どもだけで行ったりしません」と素直《すなお》にあやまった。

夏休みの残りの日々、クレじいの家のぼくたちの部屋はさびしくなってしまったけど、舟との心の距離は、前よりもっと近づいたように感じる。

あの事件以来、舟は、「医者になりたい」といい始めた。

わけを聞くと、「なるべく長生きしたいし、まわりのみんなも長生きしてほしいけん」という答えが返ってきた。

舟は、これから、中学受験の勉強に本格的に入るだろう。


クレじいは、あいかわらず、のんきに畑いじりとお料理学校の毎日だ。

なっちゃんは、九月から、美大受験のための予備校に通うそうだ。

「美大に行って、絵の勉強をして、ＳＦ絵本ってジャンルを作って、その第一人者になる！」とはりきっている。

ぼくと舟が、一番初めの読者になる予定。

バーバラとなっちゃんの関係は、あいかわらずだけど、なっちゃんが絵を描いている姿を見たバーバラは、目を細めてこういった。「なつかしい」って。

ぼくは知っている。バーバラは、なっちゃんのことをだれよりも思っている。

美大に受かれば、一番よろこぶのはバーバラのはずだ。

猫のナツネコは、あれからまったく姿を見せなくなった。

「絵本の世界に帰ったんじゃろうね。私が探《さが》していた物を届けることができたから」

と、なっちゃんはいっていた。


そして、このぼくは？

サッカー少年団には、もどれるようコーチにたのんでみるつもり。

健太郎たちと、もう一度、選抜《せんばつ》メンバーとして試合ができるよう、精いっぱいのことをしようと思う。

そして、来年の夏は、田村明日香と海に行こう。

これから、どんな毎日が待っているのだろう。
なっちゃんはいった。
—追いかけてみんと、本物か幻《まぼろし》か、わからんと思うんよ—
うん。
そうだね。
この、呉の海のように、きらきら光る明日になればいい。
「あっ」
空に、何か飛んでいるのが見えた。
まぶしい水平線に向かって、きらきらと輝きながら。
大きな翼《つばさ》を広げたナツネコだった。

著者／北森ちえ（きたもり ちえ）

広島県呉市生まれ。大阪大学基礎工学部卒業。工学修士。医学博士。主な著作に『ゴリラのスターライト』（ひくまの出版）「ブログにひそむ悪霊」（『こわい！青玉』収載　講談社）「未来へのプレゼント」（『こちら、ふたり探偵局』収載　偕成社）などがある。これまではすべて本名の新村千江で書いている。静岡県浜松市在住。本書で「第61回西日本読書感想画コンクール」指定図書。

装画・さし絵／森川　泉（もりかわ いずみ）

会社員を経て、フリーのイラストレーターとなる。主な挿絵の作品に『白瑠璃の輝き』（国土社）『ピッチの王様』（ほるぷ出版）『戦国城』（集英社）『満員御霊！ゆうれい城』（ポプラ社）などがある。神奈川県在住。

夏の猫

著者
北森ちえ

装画・さし絵／森川　泉
装丁／山田　武

2016年 10 月 25 日初版 1 刷発行
2017年 5 月 25 日初版 3 刷発行

発行所
株式会社 国土社
〒102-0094 東京都千代田区紀尾井町3-6
電話 03-6272-6125
FAX 03-6272-6126
http://www.kokudosha.co.jp
印刷
モリモト印刷株式会社

落丁本・乱丁本はいつでもおとりかえいたします。
NDC 913/142p/20cm ISBN978-4-337-33629-2 C8391